Dans les yeux d'Angel

À Érica N., qui n'a jamais trouvé son Amérique,
aux Voyageurs de Berriac, du Marais Malicorne
et d'ailleurs.

87, quai Panhard-et-Levassor - 75647 Paris Cedex 13
ISBN : 978-2-0812-4715-4

CÉCILE ROUMIGUIÈRE

Dans les yeux d'Angel

ILLUSTRATIONS DE SYLVAIN BOURRIÈRES

Castor Poche

Sa e manušikane strukture bijandžona tromane thaj jekhutne ko digniteti thaj čapipa[1].

1. « Tous les êtres humains naissent libres et égaux en dignité et en droits. » Début de l'article premier de la *Déclaration universelle des Droits de l'homme* en langue romane.

Angel a débarqué à l'école juste après les vacances de février. On avait déjà chacun notre place, nos copains, et aucune envie d'être dérangés par un nouveau. Moi, par exemple, je suis assise à côté de Caroline depuis le jour de la rentrée. Caroline, c'est ma super-copine. On aime les mêmes choses, on achète les mêmes chaussures, on écoute les mêmes chanteuses, bref, on est pareilles, toutes les deux. On a jusqu'aux mêmes initiales, un double C : Camille Colson et Caroline Combeneuve.

Alors, quand Angel est entré dans la classe, la première fois, on s'est tous demandé où il allait bien pouvoir s'installer.

Angel, il n'est pas comme nous. Enfin... pas tout à fait comme nous. Il est différent, surtout ses yeux. Angel ne regarde pas, il observe, tout le temps. Il scrute. Il reste de longs moments, seul, à nous épier. Je l'ai bien vu : il a toujours trois billes avec lui, pendant toute la récréation, il les fait rouler dans ses mains, entre ses doigts, et il nous fixe.

L'autre jour, Caroline a proposé de l'inviter pour jouer à chat, mais on a tous grimacé : on était déjà assez nombreux, il ne courait sûrement pas assez vite, il avait cet air étrange, et son sac à dos était trop moche. Vraiment, ç'aurait été la honte de jouer avec ce garçon bizarre et aussi mal habillé. Laura, qui a toujours le dernier mot, a résumé la situation en lançant :

— Laisse, c'est un gitan.

Chapitre 1

Bien sûr, cette histoire de place, il fallait que ça me tombe dessus... Quand il a débarqué, la maîtresse, Mme Bontemps, a installé Angel à côté de moi en disant :

— Comme ça, tu pourras l'aider, Camille.

Et Caroline a dû aller s'asseoir ailleurs. Plus question de bavarder ensemble, on n'est plus à côté. Tout ça à cause d'un garçon qui vient d'on ne sait où.

Alors, en classe, j'accepte qu'Angel soit assis près de moi, bien sûr, je ne peux pas faire autrement. Mais pas question de jouer avec lui à la récré ou de lui raconter ma vie, ça, non.

On est resté comme ça jusqu'aux vacances de printemps. Au début du troisième trimestre, en tout, j'avais échangé à peu près dix mots avec Angel, pas plus. De toute façon, lui non plus ne me demande jamais rien, ni à moi ni à personne. Il y a la classe, le CM2 A, les copains, Caroline en premier, et, à part, il y a Angel.

Aujourd'hui, la maîtresse a décidé de nous parler du cycle de l'eau. Derrière la fenêtre, le soleil éclaire les feuilles des arbres, c'est joli. Mme Bontemps raconte les sources, la pluie, les rivières et les océans... Je pense aux prochaines vacances avec mes cousins au bord de la mer, dans cette maison où l'on se retrouve tous, tous les ans... quand Angel me sort de ma rêverie en me secouant le bras.

D'un geste de la tête, il me désigne le pied du tableau. Je retire mon bras et hausse les épaules, mais je ne peux pas m'empêcher de regarder.

Entre l'estrade et le mur, une grenouille brune lève la tête et semble suivre la leçon avec attention. Je souris.

Je dévisage Angel, ses sourcils dessinent un point d'interrogation. Il écarte les mains d'un air de dire qu'il ne sait pas d'où vient cet animal, puis il pose un doigt sur ses lèvres et me fait un clin d'œil. J'ai compris, je me tairai. Moi qui snobe Angel depuis des semaines, en moins de cinq minutes, voilà que je me retrouve à partager un secret avec lui. Mais après tout, une histoire de grenouille qui écoute une leçon de sciences, ça vaut bien un secret avec un garçon, même s'il est un peu bizarre.

La sonnerie de fin de journée retentit. Angel me fait signe d'attendre, on sort les derniers. En passant devant le tableau, il se baisse pour lacer sa chaussure. Très vite, sans que personne s'en aperçoive, il prend l'animal entre ses deux mains et le glisse dans son sac.

— Tu viens, on va la lâcher près du ruisseau.

Ce n'est pas un ordre, ce n'est pas une question non plus. J'accorde mon pas à celui d'Angel. Je pense à ma mère, qui rentre tard et ne saura pas que j'ai traîné en chemin avec un gitan. On suit la rue des Tilleuls. Contrairement à Angel, moi, j'habite ici depuis toujours, je connais tous les itinéraires du quartier, il ne me fera pas croire n'importe quoi. Je constate :

— Par là, on arrive à la voie ferrée, il n'y a pas de ruisseau.

— Si, après la voie ferrée, tu sautes le fossé, il y a un terrain, et au fond, il y a un ruisseau, répond Angel en farfouillant dans son sac à dos.

Je me dis que ce garçon est fou. Il veut traverser la voie ferrée, ce qui est absolument interdit, et passer ensuite par je ne sais quel terrain. Il n'y a rien à voir là-bas, pas de magasin, pas de manège ni de court de tennis, rien du tout. La preuve : je n'y suis jamais allée.

Angel a sorti la grenouille de son sac. Il lui caresse la tête. Les pattes accrochées sur son index, la grenouille semble fascinée par son regard.

— Elle est douce, regarde..., constate Angel en approchant l'animal de mon visage.

Je m'arrête sur place, Angel attend.

— Touche-la, tu vas voir, dit-il.

Personne ne pourra raconter que j'ai eu peur, un jour, d'une malheureuse reinette. J'approche doucement ma main. La grenouille sursaute et tombe sur le goudron. Angel rit.

— Tu lui as fait peur ! Tu imagines, pour elle, on est des géants gigantesques !

Il repose la bête sur sa main, rajuste son sac sur ses épaules et se remet en route. Je le suis, encore. Je n'avais jamais pensé être un « géant gigantesque » pour quelqu'un. Décidément, ce garçon est étrange. Et voilà que le ciel se couvre de nuages...

De l'autre côté de la voie ferrée, après le fossé, le terrain vague est un fouillis d'herbes folles, de fleurs des champs et de vieux pneus.

— Dis donc, c'est dégoûtant. Je comprends qu'on ne vienne pas se promener par ici !

Angel ne me répond pas, il avance devant moi. Il marche comme un chat, en levant haut ses jambes, sans faire de bruit. Je ne l'avais jamais remarqué avant. Comme il ne dit rien, je me sens obligée de faire la conversation :

— Si encore il n'y avait pas toutes ces saletés. Ces fleurs jaunes sont plutôt jolies...

— Mouais... des fleurs échappées des champs, là-bas, loin. Ta ville à toi, c'est de l'autre côté de la voie ferrée. Ici, c'est Berriac, c'est autre chose. Bien sûr que tu ne viens jamais t'y promener : qu'est-ce que tu ferais ici avec tes belles chaussures ?

Je regarde mes baskets couleur fuchsia. Sur les côtés, les fées *made in Japan* disparaissent sous la boue. Angel a raison, ces chaussures ne sont pas du tout faites pour les terrains vagues.

Je me tais et je le suis. J'irai jusqu'au ruisseau, tant pis pour les fées manga.

Angel marche de plus en plus vite, j'ai du mal à le suivre.

— Eh, attends-moi !

Il disparaît derrière de grands arbres qui masquent le ciel. Je cours.

— Angel ! Angel, attends-moi.

Quand je le rejoins enfin, mes joues chauffent, je les sens rouge pivoine, et je déteste ça. Passé le rideau d'arbres, une sorte de camping étend ses tentacules : des tas de pneus, des portières de voitures rouillées, des bouts de moteurs, des chaises trouées, des caddies abandonnés... Tout un bric-à-brac est semé là, entre des caravanes toutes neuves et d'autres qui n'ont plus de roues.

Des chiens courent vers nous en aboyant. Angel leur fait face, il les regarde sans un mot. Les chiens se taisent, et le suivent en remuant la queue. Une vieille femme aux dents trop blanches passe la tête par une fenêtre aux rideaux fleuris.

— C'est toi, Pompon... Qu'est-ce que tu nous as amené ? Qu'est-ce qu'elle fait là ?

— C'est rien, Mémère, une copine d'école.

— Elle n'a rien à faire ici, lance la grand-mère.

Et le rideau se ferme.

Angel jette son sac devant la caravane, il me montre le fond du camp.

— Le ruisseau est là-bas, après les douches.

Je me pince le nez pour ne pas respirer les mauvaises odeurs en passant devant les cabines – avec les douches, il y a forcément des pipi-rooms pour tout le campement. Mais ça ne sent rien du tout, que les produits de nettoyage, comme à l'école ou à la maison. Trop tard, Angel a remarqué ma mine de dégoût, il rit.

— Oui, nous aussi, on pisse, et même…

Pour éviter qu'il ne rentre dans les détails, je l'interromps :

— Pourquoi cette femme t'a appelé Pompon ? C'est ton surnom ?

— Non. Pompon, c'est mon nom, ici. Angel, c'est pour l'école, et pour les papiers.

Je me dis que ce ne doit pas être si simple de vivre dans un camping à part, à côté de la vraie ville, ni de porter un prénom pour la maison et un autre pour l'école. Pompon-Angel s'arrête devant des herbes géantes, hautes et touffues. Sûr qu'il y a des tiques là-dedans ! Mais Angel n'y pense pas, il les traverse. Je ferme les yeux, et je le suis.

Chapitre 2

Les herbes cachent un ruisseau qui coule lentement de caillou en caillou. On pourrait se croire à la campagne. Angel tend sa main au-dessus de l'eau. La grenouille pousse un « crôa » et saute.

— Tu vois, elle est contente d'être ici ! Elle est libre.

Je regarde Angel. Un sourire dans les yeux, il constate :

— J'avais raison, non ? Elle est mieux ici qu'en classe.

— C'est vrai, tu avais raison. Il faut que je rentre, ça va chauffer chez moi si je ne suis pas à la maison avant ma mère.

— Salut, princesse ! crie Angel à la grenouille avant de retourner vers le camp.

Il marche vite, toujours de son allure de félin. Je le suis en essayant de l'imiter : je monte haut mes genoux, je me sens plutôt girafe que guépard, j'éclate de rire. Il me regarde.

— Qu'est-ce que tu fais ? Tu viens ?

— Oui, oui, j'arrive.

Dès qu'il s'est retourné, je reprends ma marche de géant, le plus vite possible. Mais mon cirque ne dure pas longtemps. Une douleur atroce me prend la jambe : une lame est entrée dans mon mollet. Elle cisaille ma peau, vrille ma chair. Je me retrouve par terre, tenant mon mollet à deux mains, hurlant.

— Camille !

C'est la première fois qu'Angel prononce mon prénom. Si j'avais moins mal, je trouverais ça plutôt gentil. Mais une douleur terrible a envahi mon mollet. Angel l'examine, il dégage mes doigts de la blessure. Le sang coule méchamment sur mes chaussures. Cette fois, c'est sûr, les fées ailées sont fichues.

Angel attrape des herbes et les colle sur la plaie. Puis il tire comme un fou sur un bout de ferraille caché dans des touffes rases et l'arrache.

— C'est cette saleté !

Angel envoie la lame rouillée valser au loin. Il me tend la main pour me relever.

— *Ap katé*[1] *!* Allez, viens, Mémère te soignera.

— Non, non, je dois rentrer chez moi. Ma mère a tout ce qu'il faut, elle...

— Viens, ordonne Angel. Il porte un brin d'herbe à sa bouche et me fixe sans bouger.

— Pourquoi tu me regardes comme ça ?

— Pour rien... c'est un secret.

— Un secret que tu me diras ? Bientôt ?

---

1. « Viens ici ! » en langue romane.

Angel crache le bout d'herbe.

— Peut-être, un jour. Allez, viens.

Appuyée de tout mon poids sur son épaule, j'avance en grimaçant. Cahin-caha, on traverse le camp. Un groupe de femmes nous regarde passer, le sourire aux lèvres. L'une d'elle lance un clin d'œil à Angel : « Elle est jolie, ta paysanne... » Angel hausse les épaules, il ne sourit plus.

*
* *

— Je t'avais bien dit qu'elle n'avait rien à faire ici ! Tu ne dois amener personne au camp. Personne, tu entends, personne.

Accroupie près de moi, la veille femme marmonne en passant sur mon mollet une sorte de crème épaisse. Ça sent bon les herbes, comme l'odeur de l'été quand le soleil chauffe très fort, et je n'ai plus mal. Le sang s'est arrêté de couler. Drôle de remède.

— Mémère, c'est toi qui me dis qu'il faut que j'aille en classe, alors pour une fois que je viens avec une copine...

La grand-mère me regarde. Ou plutôt, elle plonge ses yeux délavés dans les miens, elle m'ausculte du dedans. Je rougis, encore une fois.

— Mouais. Elle n'est pas si mal, pour une *gadgie*[1].

Elle se lève, se dirige vers sa caravane.

Je chuchote :

— Tu vois, Angel, je n'aurais pas dû venir, ça fait des histoires...

Il rit.

— Oh, les histoires, on adore ça, chez moi. Tiens, si tu veux amadouer ma grand-mère, raconte-lui tes histoires de fées et de princesses, je suis sûr que ça lui plaira. Tu sais, ces contes qui sont dans le livre de l'école.

Je sors le recueil de contes de mon sac.

---

1. Fille ou femme qui n'est pas gitane.

— Celui-là ?

— Oui. Cette histoire que tu as commencée en classe, l'autre jour, tu sais, la princesse qui se couche sur des petits pois, je suis sûr que ça va lui plaire.

— Pourquoi tu ne la lui racontes pas, toi ?

Angel baisse la tête, il arrache une herbe et la fait glisser entre ses doigts, autour des billes qu'il a ressorties de sa poche.

— Tu lis mieux que moi, voilà pourquoi. Alors... tu veux bien ?

Je regarde le ciel, qui fonce déjà. Le soir arrive. Et les nuages grossissent. Mais je dois remercier cette vieille femme de m'avoir soignée, c'est une question de politesse. Je fais signe que oui.

— Juste celle-là, sinon, ça va chauffer, chez moi.

Chapitre 3

Angel court vers la caravane. Je l'aperçois qui gesticule derrière le rideau. J'essaie de comprendre ce qu'il dit, mais on tire sur ma jupe. Une petite fille aux yeux si bleus qu'ils vous attrapent comme un aimant a saisi le tissu d'une main, de l'autre, elle me tend un poussin noir.

— Oh, merci. Il est mignon.

Je caresse l'oisillon, il ouvre grand son bec, ça me fait rire.

— On dirait qu'il a faim ! Comment il s'appelle ?

— Donald, annonce Angel, qui revient vers moi en courant. Elle ne te répondra pas, elle ne parle jamais, à personne. Viens, ma grand-mère veut bien écouter ton histoire, dans la caravane.

Je rends le poussin à la fille aux yeux bleus et je suis Angel. L'enfant muette marche derrière nous.

Dans la caravane, ça sent la menthe et le propre. Chaque chose est à sa place : des bibelots, des anges et des Saintes Vierges sont posés sur des napperons, la télé brille comme si elle était cirée, et il n'y a même pas une tasse qui traîne dans l'évier. La grand-mère me montre un siège recouvert d'un châle à grandes fleurs. Je m'y assois.

Je n'ai jamais lu d'histoire pour quelqu'un. À l'école, je lis pour avoir une bonne note, à la maison, pour que mes parents sachent que je lis très bien, et le soir, dans ma chambre et dans ma tête, pour moi toute seule. Alors ça me fait un drôle d'effet de lire pour cette vieille grand-mère, pour cette enfant muette et… pour Angel.

Tous les trois écoutent sans dire un mot l'histoire de la princesse vêtue de haillons qu'un beau prince finit par reconnaître grâce à un petit pois glissé sous ses draps qui lui meurtrit le dos. Même Donald, le poussin, semble écouter...

« Le prince la prit donc pour femme, car il était persuadé d'avoir enfin trouvé une princesse. Quant au petit pois, il fut placé dans une vitrine, à côté des objets d'art conservés au palais. Il s'y trouve encore... si personne ne l'a pris [1]. »

Personne ne bouge. J'annonce :

— Et voilà, c'est fini.

La vieille femme se racle la gorge. Angel hausse les épaules.

— Tout ça pour un petit pois. L'était pas balèze, ta princesse !

— Tu as raison, c'est même une princesse sacrément chochotte... Il faut que je file. À demain, Angel.

---

1. *La Princesse au petit pois*, conte de Hans Christian Andersen.

Je salue la grand-mère, je souris à la fille aux yeux bleus et je sors. Mon mollet me brûle encore, mais je ne boite déjà plus. Dehors, il commence à pleuvoir de grosses gouttes.

— Attends, *dick*[1] ! il tombe de l'eau. Je te raccompagne, dit Angel.

Dans ce camp de caravanes, les garçons n'aiment pas les princesses qui bleuissent sur les petits pois, mais ils sont galants comme de vrais princes. Sous l'auvent, Angel attrape un parapluie déglingué qui s'ennuyait dans un arrosoir en plastique, et me suit.

---

1. « Regarde ! »

Chapitre 4

En arrivant à la voie ferrée, on croise une troupe de garçons qui courent en riant sous l'orage. Ils sont au moins trente, ils se bousculent et se tapent sur l'épaule en nous apercevant. Le plus grand d'entre eux s'adresse à Angel :

— Eh ! ma grosse, tu t'es trouvé une fiancée ?

Tous éclatent de rire, Angel accélère. Les garçons s'éloignent en chantant à tue-tête :

— Enfant du soleil, trempe ton cul dans l'eau d'Javel, ta grand-mère t'appelle[1]...

— Tu les connais ?

— C'est mon oncle, avec mes cousins. Et le petit, là, avec les cheveux fous, c'est mon frère, Luis. C'est la famille, elle compte cinquante-quatre cousins.

— Cinquante-quatre ? Tous ces garçons sont de ta famille ?

— Plus ou moins, oui. Ils reviennent de plaquer. Qu'est-ce t'as, on dirait que tu as avalé le ciel. T'as pas de famille, toi ?

— Si, si, bien sûr.

Bien sûr que si, j'ai une famille. Mais comment faire comprendre à Angel que ma famille, même réunie au grand complet, ne « compte » pas – comme il dit – plus de six enfants : moi, les deux fils du frère de mon père,

1. Chanson chantée par les enfants du camp du Marais Malicorne, librement adaptée du générique du dessin animé *Les Mystérieuses Cités d'Or*, de Jean Chalopin et Bernard Deyriès (1982).

Choupette qui est le bébé de sa cousine Francie, et Bob et Lola, les jumeaux du frère de maman. Six enfants, pas trente. Enfin, sept en ajoutant Rémi, que ma tante Jeanne a adopté l'an dernier. On n'est pas un camping à nous tout seul, et surtout, on ne vit pas tous ensemble.

— Ils viennent de planquer quoi ?

Angel s'arrête net. Sa main blanchit sur le manche du parapluie.

— Planquer ? Qu'est-ce que tu veux qu'ils planquent, ils n'ont rien volé ! Alors, t'es comme les autres ? Tu vois un gitan, et tu penses « voleur », c'est ça ?

— Mais, tu as dit...

— Mémère a raison, tu n'as rien à faire avec nous. Tiens, prends le parapluie, et rentre chez toi.

Angel me plante là. Je le regarde s'éloigner ; le parapluie goutte sur mes pieds. Ce garçon étrange, avec sa démarche de grand fauve, s'efface dans la pluie. Son silence va me manquer. Est-ce qu'on peut avoir un ami aussi différent de soi ? Le renard ne ressemble pas au Petit

Prince, mais le Petit Prince a su l'apprivoiser. Moi, j'ai tout fait rater. Je ne connaîtrai jamais le secret d'Angel maintenant.

Chapitre 5

Le lendemain, à l'école, Angel n'est pas là. Il a peut-être attrapé un rhume en rentrant sous la pluie ? Ensuite, c'est mercredi. Caroline vient jouer chez moi. On regarde des clips en mangeant des pommes séchées, la dernière trouvaille de ma mère en matière de goûter. Pas terrible, mais comestible.

Je ne sais pas pourquoi je ne raconte rien à ma copine, ni le sauvetage de la grenouille qui voulait apprendre les sciences, ni la lecture du conte dans la caravane d'Angel, ni ce regard si dur qu'il a posé sur moi avant de s'enfuir.

La blessure de mon mollet tire encore un peu, mais j'ai mis un pantalon, et personne ne l'a vue, même pas ma mère. Surtout pas ma mère ! Infection, tétanos, paralysie, gangrène, virus mortel… j'imagine déjà le catalogue de catastrophes. Ça la rendrait folle de savoir qu'un bout de métal rouillé m'est entré dans la jambe. Alors autant ne rien dire et attendre que ça cicatrise tout seul.

Je pourrais appeler papa pour lui parler d'Angel. Lui, il comprend des trucs que personne d'autre ne comprend. Sauf qu'il est en Indonésie, bien trop occupé pour écouter mes petites histoires. Il y a longtemps qu'il a choisi de partir tourner des documentaires au bout du monde la moitié de l'année. Alors, sa fille qui ne sait pas trop quoi faire parce qu'elle a vexé un gitan, ce n'est pas « sa priorité » comme dirait maman, une spécialiste de la gestion des priorités, comme répondre à ses mails pendant que les carottes carbonisent au fond de la poêle.

— Eh ! Tu rêves ?

Caroline me tend un Coca. *Light*, bien sûr. Et sans caféine. Mais avec paille.

— J'sais pas, on dirait que tu n'es pas là aujourd'hui, ajoute-t-elle en se laissant tomber à côté de moi sur le canapé.

Je ris en attrapant la canette.

— Prends une manette, tu vas voir si j'suis pas là ! Je vais te ratatiner à Mario Kart.

Pendant que je joue à la console, je sais que je vais tout oublier. Mais ratatiner Caroline, ça n'effacera pas le regard métal d'Angel...

Aucune nouvelle les jours suivants. Le vendredi, Mme Bontemps me demande si je sais pourquoi Angel est absent. À moi, un comble ! Mais ça me fait réfléchir. S'il avait un rhume ou un petit truc genre empêchement familial, ses parents auraient prévenu la directrice, et Mme Bontemps serait au courant. Angel n'a peut-être pas de parents, peut-être qu'il vit seul avec sa grand-mère… On ne rate pas l'école sans raison, il a dû se passer quelque chose de grave. Il faut que je retourne chez lui, derrière la voie ferrée.

Chapitre 6

En sortant de l'école, je prends le chemin de Berriac. Ce soir, ma mère est à son cours de tai-chi, je suis libre jusqu'à neuf heures, neuf heures et demie.

La rue des Tilleuls, la descente jusqu'à la voie ferrée. Pas de nuage qui menace, et pourtant le trajet me semble triste. Sans doute parce qu'il n'y a pas de grenouille à sauver aujourd'hui. Arrivée au bord des rails, j'ai un moment d'angoisse. Et si le train... Avec Angel, j'ai traversé sans trop réfléchir, je l'ai suivi, il savait, lui. Mais là, toute seule... Je me raisonne : oui, franchir une voie ferrée est interdit, et très dangereux. Si je me souviens bien, c'est une vieille ligne qui ne sert que pour le train de la vallée, un train à petite vitesse le matin, un le soir, pas plus. À quelle heure passe celui du soir ?

— Eh ! la gadgie, tu prends racine ?

Un des garçons qu'on a croisés l'autre jour, le plus grand de la bande, s'avance vers moi. Il mordille un brin d'herbe et sourit de toutes ses dents. Il crache l'herbe.

— Y'a pas de train avant huit heures, tu risques rien. Enfin, sauf si tu restes collée là trop longtemps et que tu te transformes en poteau électrique.

Je hausse les épaules et traverse la voie. J'entends le rire du garçon derrière moi. Mon cœur tape dans ma poitrine. Je ne me retourne pas.

— Eh ! Camille camomille, embrasse bien Pompon pour moi !

Camille camomille… Il se prend pour qui ? Est-ce que j'ai une tête de tisane ? Mes joues chauffent, mais le garçon est parti vers la ville. Comment connaît-il mon prénom ? Angel lui a parlé de moi ? Je respire comme en sport, avec le ventre et lentement, pour retrouver mon calme. J'approche du camp, pas d'Angel en vue. Ni de grand-mère. Deux femmes étendent du linge entre les caravanes ; elles me regardent sans rien dire. Je n'ose pas avancer davantage. Après tout, c'est comme si je rentrais chez eux, dans leur jardin. Sauf que ce n'est pas vraiment un jardin. On tire sur mon tee-shirt, c'est l'enfant aux yeux bleus. Elle glisse son poussin dans sa poche, me sourit et prend ma main. Je la suis.

Derrière les caravanes pendouille un grillage mangé de lierre et d'herbes sauvages. Il est censé séparer le camp des terres et des champs qui courent jusqu'à l'autoroute. La fille en soulève un bout, on passe dessous.

On marche entre les herbes. L'enfant muette serre ma main dans la sienne, si menue ; je ne dis rien. On saute un tronc d'arbre couché à terre, on pousse des herbes plus hautes devant nous pour avancer. Elle me montre un vieux saule qui laisse pleurer ses branches jusqu'au sol. Elle m'entraîne. Sous le feuillage, la lumière est douce. On se croirait dans une église, ou dans la chambre de ma grand-mère, les matins d'été, quand les volets sont encore fermés. Au milieu de cette cabane de feuilles, une chaise sur trois pieds enfoncés dans la terre et une minuscule table en plastique rouge font comme un bureau de lutin. À côté, un cageot est rempli d'objets surprenants. La fille le prend et le met sur la table pour déballer son trésor : une Barbie sans tête, la tétine d'un biberon, un gant de toilette noué comme une robe de soirée autour d'une branche sèche, deux fourchettes aux dents écartelées, des stylos en morceaux, des autocollants de foot délavés, un bouton bleu marine gravé d'une ancre de bateau, une brosse à cheveux sans poils, une oreille d'ours en peluche –

mais où a donc pu passer l'ours ? Tout un méli-mélo bon pour la poubelle que l'enfant pose avec une tendresse immense sur le vernis rouge de la table. Elle attrape un peigne et fait glisser dessus le capuchon d'un feutre perdu. Une musique étrange résonne sous les branches. Je ris.

— Chante ! ordonne la fille.

J'ai un hoquet.

— Tu parles ?

Les yeux bleus de l'enfant se plissent en un sourire muet, elle continue de gratter les dents du peigne en cadence.

— On danse, dit-elle.

Et nous voilà, sautillant au rythme du peigne à musique, sous un saule plus vieux que le monde, à fredonner des « lalala » comme si le temps s'était arrêté là.

Une voix de femme stoppe la magie.

— Leslie ! Le-es-lie...

— C'est ta mère ?

La fille jette le peigne sur la chaise et s'enfuit.

Chapitre 7

J'émerge du feuillage, le soleil m'éblouit. Loin, dehors, Leslie suit la femme. Elle me laisse seule.

— Alors, tu es revenue…

Je sursaute. Surgissant des hautes herbes, la grand-mère d'Angel se tient devant moi, un couteau à la main. Mon cœur s'étrangle. Elle me fixe un moment puis se penche et creuse la terre autour d'une plante avant de la couper net.

— Les pissenlits, t'en manges pas, toi. Faut connaître ce qui est bon pour ça.

J'arrive à murmurer :

— Bonjour, madame.

— Qu'est-ce que tu fais ici ? Tu es bien loin de chez toi, bien loin de tout.

— Vous savez si Angel…

— S'il va bien ? Oh ! pour ça, je ne peux pas dire. Est-ce qu'on va bien quand on a eu le cœur de la confiance tranché par une gadgie ?

La voie ferrée, le silence de Leslie, la muette qui parle, sa danse sous le saule, l'absence d'Angel, cette vieille femme et sa peau si ridée, son couteau qui ne menace rien, je ne sais plus, je ne comprends plus. Je me retourne pour cacher les larmes qui noient mes yeux.

— Allez… Viens là, donne-moi ta main.

Je recule d'un pas, la femme sourit.

— Tu as cru que j'allais te dire la bonne aventure, c'est ça ? N'aie pas peur, on ne fait ça que pour rire, ou pour gagner trois sous. Tiens, tu m'as raconté une histoire, je vais t'en donner une autre. Je ne sais pas lire, ni écrire, mais je connais quelques fables, moi aussi. On se répète cette légende de camp en camp. Marchons, je te la dirai en chemin.

La femme replie son couteau et le glisse dans un sac plastique, avec sa cueillette de plantes.

— Il y a très longtemps de ça, une petite gitane trop curieuse rêvait de trouver la fleur de fougère, tu sais, la fleur enchantée.

— Pourquoi enchantée ?

— La fleur de fougère n'existe pas, mais on dit que son cœur cache une clé qui donne à celui qui la trouve la richesse et le don de lire l'avenir. Son parfum t'apprend à parler aux animaux. Tu ne le savais pas ? Vous connaissez vraiment rien à rien, hein... On se demande ce qu'on vous apprend, à l'école.

Je cache mon sourire. Cette vieille femme qui « ne sait pas lire ni écrire », comme elle dit, est drôlement futée, et malicieuse.

— La gitane était si curieuse qu'elle se promenait même par les nuits les plus noires. Une de ces nuits sans lune où elle était sortie du camp pour visiter la forêt tout autour, elle croisa une vieille, bien plus vieille que moi, arrêtée là entre de grands sapins à l'ombre géante. La fille s'approche de la femme, elle lui demande si elle a besoin d'aide. La vieille est pâle comme la mort, mais elle lui répond que non, elle n'a besoin de personne. La fille insiste, elle ne peut pas laisser une grand-mère toute seule en pleine nuit. Toi non plus, tu ne l'aurais pas laissée seule, hein ? Entre. Tu as soif ?

On est arrivées à la caravane. La grand-mère sort un Coca du frigo. J'attrape la canette, elle ruisselle de gouttes fraîches. C'est bon.

— La vieille était une sorcière, tu l'as deviné. Pour la remercier de sa gentillesse, elle donne à la gitane le chemin de la fleur de fougère. Elle lui explique qu'il faut attendre la Saint-Jean, quand la nuit est la plus courte de l'année, alors, aux douze coups de minuit, la fleur apparaît. Mais pour arriver jusqu'à elle, il faut passer par des pièges. Le premier... Ah ! tu es rentré.

Dans le cadre de la porte, le soleil dans le dos, Angel nous regarde. Je me lève pour aller vers lui, mais m'arrête net quand il lance :

— Qu'est-ce qu'elle fait là ?

Qu'est-ce que je fais là ? Une fois la grand-mère, une fois Angel, j'en ai assez. Je me demande bien ce que je fais là, puisque personne n'a l'air content de me voir. Je me lève, prête à partir.

— Je suis venue prendre de tes nouvelles, figure-toi. J'étais inquiète, je te croyais malade. Mais je me rends compte que tu vas très bien, merci. Et salut.

— Assieds-toi, petite.

La voix de la vieille femme est solide, dure. Elle tranche ma colère net. Je baisse la tête et me rassois.

— Et toi aussi, Pompon.

Angel s'installe le plus loin possible de moi. On voit bien qu'il n'a pas l'habitude de désobéir à sa grand-mère.

— Je n'ai pas fini mon histoire. La vieille donne à la gitane toutes les indications pour arriver à la fleur de fougères. Le premier piège est un serpent affreux. Il suffit de ne pas baisser les yeux devant lui et de passer sans peur. Ensuite, on arrive à un château de merveilles où l'on donne un bal et un festin, mais on ne doit pas y entrer, même si la faim creuse le ventre et même si la musique invite à danser. Il faut passer, vite. Enfin, le bruit du galop d'un cheval résonne, et un beau cavalier vient tendre sa main à la fille qui emprunte ce chemin. Mais il ne faut pas lui parler, il faut se sauver. C'est à ce prix qu'on voit enfin la fleur de fougère, qu'on peut la cueillir, avoir toutes les richesses du monde, et connaître l'avenir. La vieille sorcière finit à peine de parler qu'elle disparaît. La fille reste là, un peu bête. Mais elle rentre chez elle, impatiente que la nuit de la Saint-Jean arrive[1]...

— Grand-mère, ton histoire est trop nulle. La fleur de fougère n'existe pas, tout le monde le sait. Ça ne vaut rien, c'est pas vrai.

Je ne peux pas m'empêcher d'intervenir :

1. D'après un conte oral de la tradition slave.

— Pourquoi tu dis ça ? C'est aussi vrai que ma princesse qui a le dos plein de bleus à cause d'un seul petit pois.

— Vous n'avez pas vu Leslie ?

Par la fenêtre, la femme qui appelait l'enfant tout à l'heure nous supplie du regard.

— Elle me suivait, je ne comprends pas... Je lui ai crié dessus, j'en ai marre, je la cherche tout le temps. Peut-être que j'ai crié trop fort... elle a disparu.

*
* *

D'un coup, le camp est devenu une fourmilière. Les hommes s'appellent, ils s'agitent. Ils soulèvent chaque bout de tôle, chaque pneu, à la recherche de Leslie. Les cousins, la famille d'Angel, son petit frère, les femmes et les enfants, tous fouillent partout. Ils soulèvent les coussins dans les caravanes, ouvrent les portes des placards, les coffres des voitures, tout. Les chiens suivent l'agitation, la queue entre les jambes, ils comprennent que ce n'est pas le moment de se faire remarquer. Sous l'auvent, Mémère essaie de consoler la mère de Leslie. Une enfant, ça ne se perd pas comme ça, on va la retrouver...

J'assiste à la scène sans trop savoir que faire. Angel décide pour moi.

— Rentre chez toi, tu vois bien qu'on est occupés. Et ça ne te regarde pas.

— Je peux vous aider.

Angel ne me répond pas, il hausse les épaules. De ses grandes enjambées, il se dirige au fond du camp, vers la rivière. Je lui cours après.

— Angel !

Il ne se retourne pas.

— Angel, je crois que je sais où elle est.

Angel s'arrête net. Quand j'arrive près de lui, il lâche :

— Si c'est encore des histoires pour te foutre de moi, pars, pars tout de suite...

— Je t'assure ! Je l'ai vue, tout à l'heure, quand je suis arrivée. Leslie m'a emmenée sous un arbre, je peux le retrouver. On a dansé, on a chanté...

Angel éclate d'un rire mauvais.

— « On » a chanté ? Tu fais chanter les muettes, maintenant ? T'es trop forte !

— Et toi, t'es trop nul, Angel.

Je le plante là et je vais vers le saule, loin, après le grillage.

J'entends les gens qui appellent : « Leslie... ». J'entends l'angoisse qui monte dans les voix, et qui prend tout le camp. Au fond de moi, j'entends ma rage de n'arriver à rien avec ce garçon trop fier.

— Leslie ?

Je murmure pour ne pas l'effrayer. Sous le saule, la table est renversée, les quatre pieds en l'air. Et les objets sont éparpillés sur le sol. Je ramasse la poupée sans tête, elle a un bras tordu aussi... Les branches bruissent, Angel entre dans la cachette. Il balaie du regard les jouets en désordre.

— C'est elle qui t'a montré cet endroit ?

— Tout à l'heure, elle m'a emmenée ici, et oui, « on » a chanté sous cet arbre.

Angel ramasse le bouton à l'ancre marine, il le regarde.

— C'est moi qui le lui ai donné... Je ne savais pas qu'elle avait apporté tous ces trucs ici.

— Pas « ces trucs », ses trésors.

Angel renifle et jette le bouton par terre.

— En tout cas, elle n'est pas là. Tu dis qu'elle a chanté ? Je la connais depuis qu'elle est née, elle n'a jamais prononcé un mot. Pourquoi elle chanterait avec toi ?

— Parce que...

Après tout, à mon tour de snober ce garçon qui croit tout savoir. Il a sorti ses billes de sa poche et commence à les faire rouler entre ses doigts, il réfléchit.

— Il m'en manque une.

— Une bille ? C'est bien le moment de t'inquiéter pour une bille ! Je te rappelle que Leslie a disparu, au cas où tu l'aurais oublié !

— Oh ! ça va, je sais, mademoiselle Je-donne-tout-le-temps-des-leçons-aux-autres. N'empêche, il me manque une bille.

Il repart vers le camp, ses billes entre les doigts. Je le suis, la Barbie à la main.

Chapitre 8

Sous l'auvent, le ton est monté. La mère de Leslie est au centre d'un groupe de femmes qui lui crient dessus.

— Mais tu l'as bien vue partir, non ?

— On ne perd pas une gamine comme ça.

La grand-mère d'Angel essaie de s'interposer, mais les femmes sont furieuses.

— Tout ça ne serait pas arrivé si...

— Si quoi ?

Mémère a les yeux plein de fureur. Elle explose :

— Vous êtes folles, toutes ! Allez aider les hommes à la retrouver, au lieu de dire des âneries plus grosses que vous toutes réunies.

Les femmes desserrent le cercle autour de la mère de Leslie. Elle est toute blanche, et ses mains tremblent. Elle est si jeune, je me demande comment elle peut déjà avoir une fille de cinq ou six ans.

Avant de s'éloigner, une femme se retourne et ajoute :

— N'empêche, tu le sais bien, grand-mère, tout ça ne serait pas arrivé si elle n'était pas gadgie. Une gitane ne perd jamais son enfant, jamais.

Elle rejoint les autres. Mémère s'assoit lourdement dans un fauteuil de camping. Elle prend la main de la mère de Leslie.

— Laisse-les dire, va. On va te la retrouver, ta fille.

La mère fond en larmes, Mémère lui tapote les doigts, le regard vissé sur la poupée mutilée dans ma main.

— Pompon, tu te souviens de cette fois où tu m'as emmenée avec Leslie chez ces gens qui vendent des vieux machins, ces Emmaüs ? Leslie avait trouvé cette poupée, la tête ne tenait pas bien, mais elle était encore entière.

— Oui, répond Angel. Tu l'as achetée cinquante centimes, c'était cher pour une poupée à moitié cassée.

— Mais elle plaisait à Leslie. On a perdu la tête en chemin, on l'a cherchée un moment, il pleuvait. Leslie s'en fichait, de la tête. Elle n'a même pas pleuré, elle a serré la poupée contre elle et on est rentrés.

La mère de Leslie s'est levée, elle m'arrache la Barbie des mains et la presse contre sa poitrine.

— Je la croyais perdue, comme les autres. Tu l'as trouvée où ? Leslie paume tous ses jouets. Tu es une copine de Pompon ? Comment ça se fait que tu aies cette poupée ?

La femme a parlé de plus en plus fort. Elle brandit la Barbie et me menace avec :

— Réponds !

Angel se place entre nous, il défie la femme :

— Elle n'a rien pris du tout. Elle m'a emmené dans la cabane de Leslie, mais sans doute tu ne sais même pas que Leslie a une cachette. Si tu t'occupais mieux d'elle…

— Pompon !

Le cri de la grand-mère a scié l'air.

J'essaie de calmer tout le monde.

— On va appeler la police, ils vont la retrouver.

Le regard d'Angel, celui de sa grand-mère… j'ai dû dire une énorme bêtise.

La mère de Leslie se remet à pleurer dans ses mains, Angel soupire :

— Camille… tu sais, nous et les *schmits*[1], on n'est pas vraiment copains. Alors, Leslie, on va la retrouver, tout seuls.

L'air devient lourd. Il n'y a plus de vent. Je ne peux pas rester sans rien faire. Je demande :

1. Les policiers.

— Et moi ? Tu veux bien que je vous aide ?

Angel réfléchit un moment, sa grand-mère fait un signe.

— Oui, toi, tu peux. Viens, suis-moi.

Chapitre 9

Angel me dit qu'on va chez Emmaüs. Quand je lui demande pourquoi, il me répond qu'il a une idée. Et je le suis, encore une fois...

L'entrepôt d'Emmaüs n'est pas très loin de Berriac, après le rond-point des supermarchés. Mais le temps d'y aller et de revenir, ma mère sera rentrée depuis un moment, elle aura alerté toute la ville. Il faut que je la prévienne.

— T'as un téléphone ?

— Moi ? Non. Mais Kéké en a un, viens.

— C'est qui, Kéké ?

— Mon cousin. Le grand que tu as vu l'autre jour avec la famille.

Je réentends le rire du garçon, tout à l'heure, près de la voie ferrée. Un frisson court sur mes bras et dans mon dos. Angel m'emmène devant une caravane plus neuve que neuve. Il y a encore des plastiques bleus pour protéger les vitres, il ne manque que l'étiquette du prix accrochée à la porte d'entrée.

— Attends-moi là.

Ça, Angel peut être sûr que je ne vais pas le suivre dans la caravane de ce Kéké ! « Camille camomille », je m'en souviendrai... Ces garçons qui se croient tout permis ! Et Angel aussi m'agace, avec ses « attends-moi, suis-moi, reste là », j'en ai assez ! Depuis cette histoire de grenouille, j'ai l'impression que je passe mon temps à lui obéir. Ça commence à me faire monter la moutarde sévère.

Il sort de la caravane et me tend un téléphone hyper tendance.

— Tu sais t'en servir ? Il faut juste appuyer sur l'écran, et...

Je ne réponds pas, je compose le numéro de Caroline. Ce n'est pas un gitan qui va m'apprendre à utiliser un portable !

— Caro ? Ça va ? Tu veux bien m'aider ? Ma mère... Oui. Si elle appelle, je dîne chez toi, OK ? Quoi ? Oui, je t'expliquerai, mais pas là, pas le temps. Demain, à la récré.

La bouche ouverte, les sourcils en parasol, Angel me regarde. Je fais le numéro de ma mère, je tombe sur sa messagerie. C'était prévu, à l'heure qu'il est, elle mime le dragon assoupi ou la tortue en transe. Une séance de tai-chi se déroule dans le plus grand silence, bouche cousue et téléphone éteint.

— Bonsoir, maman. Je dîne chez Caroline, ne t'inquiète pas, ses parents me raccompagneront. Bisou.

Je rends le portable à Angel, toujours scotché en arrêt sur image.

— Ben quoi ? Qu'est-ce que t'as à me regarder comme ça ? J'ai de la salade entre les dents, un chat sur la tête ? Un haricot dans la narine ?...

— Toi ? Toi, la meilleure élève de la classe, la chouchoute de Mme Bontemps... Toi, tu mens à ta mère ? J'y crois pas.

J'éclate de rire. Ce garçon est trop drôle. Il sauve les grenouilles des cours de sciences, il se vexe sans qu'on sache pourquoi, et fait des yeux de poisson pris par la marée noire parce que je raconte un minuscule mensonge de rien du tout à ma mère.

— Tu lui mens jamais, toi ?

— Non. Je ne suis pas un *balitch* [1]. De toute façon, même si je voulais...

Ça y est, le regard noir. J'ai encore dû dire une ânerie. Angel rentre poser le téléphone dans la caravane. Pas besoin de lui demander pourquoi il ne peut pas mentir à sa mère : quand il

1. « Menteur »

a ce regard, Angel est aussi muet qu'un portable sans batterie.

On sort du camp sans dire un mot. Les réverbères clignotent, ils s'allument. Les voix deviennent plus lointaines : « Leslie ! Les-lie... »

Je me demande ce que peut bien faire Leslie à l'heure qu'il est. Bientôt, ce sera la pleine nuit. Je n'ose pas penser à la rivière. Je revois la grenouille qui saute dans l'eau, le bonheur dans les yeux d'Angel. La rivière n'a pas l'air très profonde, mais Leslie ne sait sans doute pas nager. Non ! Je ne veux pas y penser. Leslie est ailleurs. Ailleurs, mais où ? Qu'est-ce qu'elle serait allée faire chez Emmaüs ? Chercher la tête de sa poupée ? Un Ken pour sa Barbie ? Je ne comprends pas pourquoi Angel m'entraîne là-bas.

— Angel ? Tu sais, il est huit heures passées, Emmaüs est fermé.

— On entrera. On trouvera bien un moyen.

On continue de marcher en silence. Au-delà du rond-point, les enseignes des grandes surfaces salissent le ciel de leurs lettres de néon.

— Pourquoi elle serait allée là-bas ?

Angel accélère. Il prend son temps avant de répondre :

— Quand on y est allés, le jour de la poupée, il y avait des lits dans un coin, et un tas de matelas.

Ma sandale droite me blesse le talon, et ma blessure au mollet recommence à tirer à force de marcher. Des lits ? Je ne vois pas le rapport avec Leslie. Des lits, les lits, les-lie... Je pouffe.

— *Ho cré*[1] ? T'es folle que tu ris toute seule ? Tu sais, je la connais bien, Leslie. Depuis qu'elle est née. Dans le camp, les autres ne voulaient pas trop jouer avec elle.

— Parce que sa mère n'est pas gitane comme vous, c'est ça ? C'est pas joli joli... Leslie n'y est pour rien.

Angel ralentit. Il a sorti ses billes de sa poche et les fait rouler entre ses doigts.

---

1. « Qu'est-ce que tu fais ? »

— Mémère m'a toujours répété que gitane ou pas, c'est pareil, et que Leslie est comme nous. Mais toi qui sais toujours tout, quand je suis arrivé dans ton école, on peut pas dire que t'as été très contente non plus quand je me suis assis à côté de toi.

— C'est pas pareil ! Il y avait Caroline et...

Angel arrête de faire tourner ses billes, il me fixe. Je me tais. Bien sûr que si, c'est pareil. Il range ses billes et regarde loin devant lui.

— Je vais te raconter. La mère de Leslie était amoureuse d'Éric, un cousin de mes cousins. Elle est tombée enceinte, elle était encore à l'école. Ses parents voulaient qu'elle avorte et qu'elle continue le lycée ; elle, elle a pas pu. Elle avait seize ans, elle s'est mariée et elle a eu Leslie. Depuis ses parents ne lui parlent plus. Enfin, sa mère, surtout. Il y en a à Berriac qui disent qu'elle voit son père en cachette. Mais je ne suis pas sûr. Alors la mère de Leslie a mis une photo de la grand-mère dans sa caravane, et souvent elle la montre en disant à Leslie qu'elle lui ressemble, mais qu'elles ne se parleront jamais parce que Leslie vit avec les gitans, et la grand-mère chez les gadgés.

J'attrape le bras d'Angel.

— Ça signifie que la grand-mère de Leslie ne lui parle pas...

— Non. Ni à Leslie, ni à sa mère. Elle ne parle à aucun gitan.

On se regarde. Angel a compris la même chose que moi.

— La grand-mère ne parle pas aux gitans, et Leslie non plus.

— Mais elle parle avec toi, parce que tu vis chez les gadgés, comme sa grand-mère.

Angel prend ma main et marche plus vite. On entend un chien aboyer. Le hangar d'Emmaüs se dessine, bleu foncé sur le ciel presque noir. Le chien aboie plus fort.

Chapitre 10

— Il est énorme ! Tu crois qu'il est attaché ?

Angel ne me répond pas. Il s'approche du grillage. Pour arriver au hangar, il faut passer cette clôture, puis trouver une ouverture dans le bâtiment. Mais derrière le grillage, là, devant nous, de la bave plein les babines, il y a un dogue. Un énorme dogue. Plutôt beau d'ailleurs, tout noir, le poil luisant. Mais un vrai monstre. Je n'ose pas imaginer mon bras pris dans ses mâchoires. Une jambe, un bras... je vais finir cette histoire aussi cousue de cicatrices que

Frankenstein. Qu'est-ce qu'a fait Harry Potter, face au cerbère à trois têtes ? De la flûte, il a joué de la flûte !

— Angel ? Tu sais siffler un air, une berceuse ?

Angel hoche la tête. Cette fois, il est sûr que je suis totalement timbrée. Il a sans doute raison. Qu'est-ce que je fiche ici, à des kilomètres de mon assiette de pâtes bio parsemées de levure de bière et de trois grammes de fromage, devant un chien tout droit venu de l'enfer qui va me bouffer un bras ou deux, avec un garçon qui ne veut pas me dire pourquoi on est là ? Hein, qu'est-ce que je fais là ?

Pendant que je me pose des questions débiles, Angel parle au chien. Il s'est accroupi pour être à la hauteur de sa gueule, il le fixe et lui dit des mots que je ne comprends pas, une sorte de poésie pour animal. Si moi je suis timbrée, Angel, lui, n'est pas mal fêlé dans son genre.

— *Dicava... Ap katé, yakir dzukel*[1]...

1. « Regarde. Viens-là, viens-là, grand chien... »

Le chien regarde Angel. Il n'aboie plus, il grogne. Angel continue à lui parler :

— *Dicava, ap katé, yakir dzukel...*

Le dogue se tait, il chancelle sur ses pattes.

— *Ap katé...*

Le monstre tombe à terre, endormi. Je n'y crois pas ! Mieux que la flûte d'Harry Potter... Pour le coup, c'est moi qui suis stupéfaite, telle un Martien tout juste tombé de sa soucoupe :

— T'as un truc, dis-moi.

Angel soulève le grillage pour que je puisse passer. Le chien ronfle tranquillement, véritable peluche géante à moteur intégré.

— Il va dormir un moment, on a le temps.

Je n'insiste pas. Encore une fois, je sais bien qu'Angel ne m'expliquera rien.

On fait le tour du hangar. Dans la lumière orange des réverbères, des vélos sans roues et des lavabos couchés entre des tables retournées les pieds en l'air font un drôle de jardin. Les baignoires sont des ogres endormis, un bosquet de parasols plantés dans le gravier masque une montagne de poussettes emmêlées. Des sculptures de plastique et de ferrailles, des flaques d'eau ou d'huile, on ne sait pas, des tas d'objets abîmés un peu partout. On n'est pas au pays des Merveilles, Alice n'aimerait pas ce jardin lugubre, ce cimetière de bouts de vies abandonnés.

— Par là ! Viens.

Angel a trouvé une fenêtre mal fermée, au-dessus de caisses vides.

— C'est trop petit pour moi, mais toi, tu dois passer.

Mon cœur accélère. Le dessus de mes lèvres devient moite. Affronter un monstre-chien, traverser une clôture, ça va encore. Mais escalader des caisses à moitié pourries, me glisser par cette fenêtre, et me retrouver seule dans ce hangar… Il y a certainement un gardien. Peut-être un bonhomme étrange, à moitié dingo, qu'on laisse là pour la nuit ? Et puis, entrer par une fenêtre, c'est interdit, c'est puni par la loi ! Je n'ai pas le droit. Je m'apprête à l'expliquer à Angel ; je vois son regard, il ne bouge pas, il attend.

— Je... Bon, OK. J'y vais. Mais promets-moi : après ça, tu me diras ton secret, et aussi pourquoi tu ne peux pas mentir à ta mère, et encore qu'est-ce qui t'a fâché l'autre fois, et...

— Rien que ça ?

Angel sourit. Il ajoute :

— Pour Leslie, j'accepte. Je te dirai mes secrets. Mais vas-y, allez...

Il place ses mains enlacées sous mon pied et me hisse jusqu'aux caisses. Ensuite, sans plus de façon, il pousse mes fesses pour m'aider à grimper. Je passe une jambe dans l'ouverture de la fenêtre, je me retourne.

— Dis, tu ne me laisses pas seule là-dedans, hein ?

— Grouille-toi ! Et quand t'es entrée, ouvre-moi une porte.

Chapitre 11

Les fesses sur le rebord de la fenêtre, les deux jambes dans le vide, je refuse de réfléchir, je saute.

Dans un film d'aventure, un cheval blanc m'attendrait, en dessous de la fenêtre, ou un camion à la benne remplie de fleurs passerait par là pour me cueillir au bon moment. Dans la vraie vie, c'est un canapé qui me tend les bras. Et justement, ce bras, je le prends direct dans l'épaule ! Et un bleu de plus, un. Frankenstein, je vous dis...

Il ne fait pas tout à fait noir dans le hangar, des panneaux « Issue de secours » l'éclairent de leur lumière verte. J'avance vers le fond du bâtiment. Du bout des doigts, je cherche une poignée, quelque chose qui ouvrirait une porte.

— *Ho cré kan*[1] ?

De l'autre côté, Pompon s'impatiente. Enfin, Angel s'impatiente.

Je trébuche sur un objet non identifié, je bascule, me retiens de tout mon poids contre le mur… qui s'ouvre. Une porte mal fermée, et on ne l'avait même pas vue !

— C'était bien la peine de m'obliger à sauter de la fenêtre, j'aurais pu me tuer !

Angel éclate de rire.

— Et ça te fait rire ? T'es inhumain, c'est pas possible, de rire de…

Il tend sa main vers moi, je recule. Entre deux hoquets, il balbutie :

— Attends, t'as…

1. « Qu'est-ce que tu fais ? »

Il décroche une magnifique toile d'araignée de mes cheveux.

Non, je ne hurlerai pas ! Non, l'araignée n'est pas restée à me sucer le sang dans mon dos... Je hurle :

— Non ! Je déteste les araignées...

Angel pose sa main sur ma joue. Elle est douce, et chaude. Il cueille une larme qui a roulé sans que je puisse la retenir, et la porte à sa bouche.

— C'est marrant, les larmes de gadgie, ça a le même goût que les larmes de gitans.

Angel ne me laisse pas le temps de répondre, il m'entraîne dans le fond du hangar.

— *Dick*, le tas de matelas est là-bas.

On passe entre des tables, des fauteuils empilés, toute une rangée de frigos aux portes qui bâillent, puis des cintres pleins de vieux habits. Après cette salle longue comme dix couloirs, on entre dans une autre pièce, encombrée de lits et de matelas entassés. Par une lucarne du plafond tombe un rayon de lumière, celui des réverbères, dehors, qui éclairent la rue. Angel me regarde, il sourit et pointe du doigt le haut des matelas.

Le visage dans le halo orangé, couchée, les genoux repliés sur son ventre et un pouce posé sur ses lèvres, Leslie dort. Angel grimpe jusqu'à elle, il essaie de la prendre dans ses bras, elle se réveille.

Elle se gratte le nez un moment, attrape la nuque d'Angel, qui la soulève. J'ose à peine respirer de peur que la pile de matelas ne s'écroule. Mais ils descendent, légers, et touchent enfin le sol. À l'atterrissage, le poussin noir sort sa tête ébouriffée de la poche du sweat de l'enfant, et pousse un « cui ! » de victoire. On éclate de rire, tout va bien maintenant.

À moitié endormie, Leslie se laisse porter par Angel. Ses deux pieds battent le dos du garçon. On marche vers la sortie.

— Tu vois, me dit Angel, je savais que je la trouverais.

— Mais comment...

Sans prévenir, Leslie se raidit, elle saute à terre et retourne en courant vers la pièce aux lits.

— Leslie !

On se précipite derrière elle et on la trouve accroupie, les deux mains sous les matelas.

— Leslie, qu'est-ce que tu fais ?

Elle se tourne vers nous, et tend sa paume ouverte vers Angel.

— Ma bille...

Angel se met à rire, il me montre sa bille, une agate couleur d'eau. Il prend Leslie dans ses bras.

— Je te l'avais dit, Leslie est une vraie princesse... Majesté...

Angel entraîne Leslie dans une valse lente, je les regarde avancer en dansant dans l'allée des meubles perdus. Ils sont beaux.

Je les suis en riant.

— Et une agate, c'est drôlement plus classe qu'un petit pois !

Chapitre 12

— Et le chien ?

— Quoi, le chien ?

— Ben, quand vous êtes ressortis, il vous a pas attaqués ?

Depuis le début de la récré, Caroline m'écoute sans rien dire, et voilà que devant une si belle scène de retrouvailles, elle s'arrête sur un détail de rien du tout.

— Non, il dormait toujours. Quand on est arrivés au camp, c'est la mère de Leslie qui a été contente, et Mémère aussi. Son visage plein de rides s'est plissé comme un soleil, elle a pris mes mains dans les siennes et m'a bénie, je te jure, comme à l'église.

— Mouais... En attendant, ton gitan, il n'est toujours pas revenu en classe. C'est pas comme ça qu'il va passer en sixième.

La sonnerie de fin de récréation m'empêche de dire à Caroline ce que je pense d'une réflexion aussi stupide. Décidément, les copines, parfois, ça ne comprend rien à rien. Mais je m'en fiche, avec Angel, on a une mission à accomplir, un truc hautement plus important qu'un bête passage en sixième...

Et puis, ce que je ne lui ai pas dit non plus, c'est qu'en rentrant au camp après avoir retrouvé Leslie, Angel s'est arrêté juste après la voie ferrée. Leslie s'était endormie sur son épaule. Il a pris ma main et il m'a montré le ciel.

— Regarde, nous, on est les enfants des étoiles, elles guident notre route. Tu as vu... il y en a tellement... Même la maîtresse n'arriverait pas à les compter !

Chapitre 13

Au 36 de la rue des Alouettes, on tombe sur un immeuble moderne planté entre deux vieilles bâtisses. On passe une porte en verre, et on se retrouve dans un hall tout carrelé qui ferait un terrain d'entraînement pour rollers tip top. Devant une triple rangée de boîtes aux lettres, je demande à Angel :

— Elle s'appelle comment ?

Il se tourne vers Leslie, qui semble ne pas comprendre, et me répond :

— J'en sais *tchi*, comment tu veux ?

— Bon... je te lis tous les noms, et s'il y en a qui te dit quelque chose, on sonne. OK ?

J'égrène les Bouichet, Escudié, Cassignol, Malonda, Domingo, Moreau, Mourrut, Toulze... À chaque nom, Angel dodeline de la tête pour me faire signe que non, ça ne lui dit rien. Fusero, Blanc, Germa, Durand, Calas...

— Attends, redis, juste avant.

— Durand, M. et D. Durand.

— Peut-être que c'est ça, j'ai déjà entendu ce nom.

C'est un début. En même temps, des Durand, il y en a autant que des pignes sous les pins.

— Et son prénom, tu ne le connais pas non plus ? M., ce doit être le mari : Michel ou Marcel, et D. : Dorothée, Denise, Danielle...

J'ai à peine commencé l'annuaire des « D-quelque chose » qu'une femme sort de l'ascenseur, un chien saucisse à poil long au bout d'une laisse. Elle nous lance un regard méfiant. Angel ouvre grand la bouche, je regarde les yeux de la femme, les yeux de Leslie, ce même bleu magnétique. La femme s'approche des boîtes aux lettres et retient la laisse de son animal qui est pressé de sortir.

— Filou ! attends.

Je tente le tout pour tout. Je m'avance vers le chien saucisse, l'air béat.

— Comme il est mignon... Il est à vous, madame ?

La femme hausse un sourcil, elle tire sur la laisse de son animal pour le rapprocher d'elle. Je continue. Après une grenouille snob, un chien fou, une chute sur canapé, ce n'est pas le ridicule qui va m'arrêter, et la femme a mis sa clé dans la boîte « M. et D. Durand ».

— Moi j'aimerais bien avoir un chien comme le vôtre, mais mes parents ne veulent pas. C'est trop cruel. Vous, vous êtes gentille, on le voit bien, vous n'auriez pas refusé un chien à vos enfants...

La femme se retourne d'un coup, elle regarde Angel, puis Leslie, et moi pour finir.

— Ça suffit ! Qu'est-ce que vous faites ici ? Vous n'êtes pas de l'immeuble.

Leslie s'avance vers elle, elle sourit et sort de sa poche la poupée sans tête. Elle la tend à la femme, qui recule.

— Vous êtes fous ? Qu'est-ce que vous me voulez à la fin ?

Angel renifle et attrape la main de Leslie.

— *Ap katé*... On ne peut rien attendre des *payos*[1]. Allez, viens.

Le chien se met à aboyer, sa maîtresse le retient derrière elle pour ne pas qu'il saute sur Angel. Leslie a les yeux pleins de larmes. J'interviens :

— Arrête, Angel, on pourrait au moins lui expliquer.

— M'expliquer quoi ? demande la femme d'une voix radoucie.

— Voilà, je m'appelle Camille, Camille Colson, et avec mon ami Angel on est venus...

1. Ceux qui ne sont pas gitans.

enfin, on cherche une dame qui habite à cette adresse et qui aurait une petite fille qu'elle n'a jamais vue. Vous connaissez une dame qui pourrait être la grand-mère de Leslie ?

Le chien s'est couché aux pieds de sa maîtresse, il gémit comme s'il pleurait.

La femme referme sa boîte aux lettres. Quand elle se tourne vers nous, sa bouche est tordue, comme si elle se forçait à la garder fermée.

Je regarde ses yeux bleus, les yeux de Leslie, tout mouillés de larmes.

— Vraiment, vous ne voyez pas ?

La femme s'accroupit devant Leslie, elle la fixe, longtemps. La main d'Angel est blanche tellement il serre celle de Leslie. J'ose à peine respirer.

— Ta mère aussi avait l'air d'un ange quand elle avait ton âge. Mais après...

Angel rentre sa colère pour prononcer sans crier :

— Après, elle a eu de l'amour pour un gitan, et cet amour a grandi dans son ventre, et il est toujours là.

La femme l'ignore, elle continue :

— Je voulais qu'elle devienne médecin, ou notaire, un métier bien pour elle. Et maintenant, elle passe ses journées dans une caravane.

Je retiens Angel, sa colère le déborde. Leslie murmure :

— La caravane de maman, c'est la plus belle de Berriac. Et avec papa, on va aller à la mer, bientôt, voir la Vierge Noire, et l'amener dans les vagues.

— Tu parles ? Tu parles vraiment ?

Angel éclate de rire, le chien se remet à aboyer.

— La paix, Filou, tais-toi. Pourquoi elle ne parlerait pas, cette enfant ? Sa mère était la plus intelligente à l'école. Elle aussi, elle est intelligente, ça se voit tout de suite.

Je souris, notre mission m'a l'air pas mal réussie.

— Vous pourriez peut-être aller promener le chien ensemble toutes les deux, on vous attend ici.

Angel me fait signe que non, je lui dis de se taire.

La femme hésite un peu, puis elle tend la laisse du chien à Leslie.

— Tu veux le prendre ? Il est gentil, mais complètement crétin, il aboie dès que quelque chose bouge. Viens.

Quand elles sont sorties de l'immeuble, Angel me traite de folle : il n'est pas question de laisser Leslie avec cette femme qu'on ne connaît pas, sans doute elle ne voudra pas la rendre, et ce sera terrible... Il est tellement agité que je lui propose de suivre la promenade de Filou, de loin.

Chapitre 14

Leslie et sa grand-mère sont allées promener le chien saucisse le long du canal. Avec Angel, on a trouvé un endroit d'où on les voit. Il n'est pas très rassuré, il m'annonce que si la femme jette Leslie à l'eau, il m'y jettera aussi pour aller la sauver ; de toute façon, il ne sait pas nager. Je me moque de lui, il fait la tête. Avec une grande herbe, je lui chatouille l'oreille. Il ne bouge pas pendant un moment, puis il finit par se lever.

— Pourquoi t'es là ? Pourquoi tu t'occupes de nous ? Qu'est-ce que tu veux ?

Je jette l'herbe par terre, je hausse les épaules.

— Tu m'as promis de me dire ton secret.

Comme il ne répond pas, je continue. J'ai une petite idée de ce que peut être ce secret, et je suis assez fière d'avoir trouvé toute seule – je suis une championne de la recherche sur Internet.

— Tu joues de la guitare, c'est ça ?

Il se tourne vers moi, un sourire idiot sur le visage :

— Oui, je planque des objets chouravés, je joue de la guitare et je vole des poules. Ah ! et aussi, je mange des hérissons au petit-déjeuner. Comme tous les gitans, c'est ça. T'es contente ?

Il s'en va sur le chemin de promenade de Leslie. J'en ai marre, marre, marre. Ce garçon ne comprend rien à rien, et je n'ai rien à faire avec lui. Mon ventre est noué. Je n'ai plus qu'à rentrer chez moi, et apprendre ma leçon. *La Cigale et la Fourmi*, on doit la connaître pour demain. « La cigale ayant chanté Tout l'été... » Mais aussi, pourquoi est-il comme ça ? « Se trouva fort dépourvue, Quand la bise fut venue... » Cette fois, je veux savoir.

Je cours derrière Angel, je lui crie :

— Tu avais promis de me dire ton secret, et j'aimerais bien comprendre pourquoi tu te fâches tout le temps quand j'ai rien fait. T'es le roi des boudeurs ou quoi ?

Angel s'arrête, il ramasse un bout de bois et fouette les herbes avec.

Je hurle :

— Dis-moi !

Angel se retourne, le bâton devant lui :

— Ne me crie pas dessus. Arrête ça tout de suite, tu entends ?

Mes mains tremblent, je les cache dans mes poches. Je parle plus bas :

— Je croyais qu'on était amis.

Angel fouette les herbes plus fort en marchant.

— Un gitan et une gadgie, amis ? Tu me fais rire.

— Ben, les parents de Leslie sont bien devenus amis, et même amoureux.

— Et tu as vu ce que ça a donné ! Trop drôle... Quand tu parles de vol, de guitare, tu ne te rends même pas compte que c'est ce qu'on dit des gitans, tout le temps, tout le monde. On n'a pas le droit d'être autre chose que des voleurs ou des musiciens.

— Mais... ce n'est pas ce que je voulais dire.

— Je sais bien, et c'est ça qui me tue. Tu vois « plaquer », c'est pas « planquer », c'est un mot à nous, un que ta maîtresse ne t'apprendra pas. Ça veut dire qu'on met des papiers dans les boîtes aux lettres pour annoncer aux gens qu'on peut faire des choses, tailler des haies ou couper des arbres, comme mes cousins font. Plaquer, c'est travailler, c'est pas voler. Et moi, je ne joue pas de la guitare, moi je...

Angel s'arrête, Leslie et sa grand-mère reviennent vers nous, le chien en avant. Leslie a du mal à retenir l'animal, elle rit. Mme Durand trottine derrière elle en s'époumonant :

— Attends-moi, attends-moi. Leslie ! ma petite fille, Leslie !

Avec Angel, on éclate de rire. Cette fois, la grand-mère et sa petite fille se sont vraiment retrouvées.

Chapitre 15

Avec maman, on regarde *Les Enfants du Paradis*, un vieux film très long. D'habitude, je dois être couchée avant dix heures, mais ce soir maman a insisté pour que je regarde ce « très beau film, ma chérie, un bijou du cinéma français ». Un bijou, peut-être, mais alors un bijou très très long... « Un coup de pied au cul quand il est bien donné peut faire rire le monde entier[1]... » Mes yeux se ferment. J'entends le

1. Dialogues du film *Les Enfants du Paradis*, de Marcel Carné.

rire de Leslie, je revois la colère sur le visage d'Angel. On s'est quittés à l'arrêt du bus place Carnot ; je ne connais toujours pas son secret, mais Leslie et sa grand-mère se sont retrouvées maintenant, et Leslie connaîtra aussi son grand-père. Tant pis pour Angel, on ne s'est même pas dit au revoir. Sur l'écran, Baptiste, l'homme tout en blanc, bouge ses grandes manches dans l'air ; il y a de l'amour, et de la tristesse aussi. Beaucoup de tristesse. Mémère a un si beau sourire quand elle est heureuse. Dans le film, Garance demande : « – Alors je peux m'en aller ? – Mais oui, vous êtes libre. – Tant mieux, parce que j'adore ça, moi, la liberté [1]. » Une caravane dans le ciel, des nuages, des cheveux de Barbie dansent dans le vent...

— Camille, Camille...

Un baiser sur ma joue, j'ouvre les yeux.

— Papa !

Je me réveille d'un coup. Mon père ? Il ne devait pas rentrer avant un mois...

1. *Id.*

Ma mère sourit et coupe le son du film.

— Le tournage de ton père est interrompu pour deux semaines, on voulait te faire une surprise.

— Alors c'est pour ça, ce film, ce soir ? Pour t'attendre ?

— Oui, dit mon père en s'asseyant entre nous. Alors, qu'est-ce qu'elle raconte, ma puce d'amour ?

Je lui frotte les cheveux pour les emmêler : papa sait très bien que je déteste qu'il m'appelle « sa puce d'amour », et il le fait exprès. On éclate de rire.

— Ben, ta puce d'amour a bien travaillé à l'école...

— Mouais... normal, ça. Mais encore ?

— Je me suis inscrite à un stage de catamaran pour cet été !

— Chouette ! tu vas apprendre à dessaler, on pourra chavirer ensemble. Et c'est tout ?

Mon père prend mon menton dans sa main et plonge ses yeux dans les miens. Il sait que quand il fait ça, je ne peux pas lui mentir.

— Pas un petit secret de rien du tout ? Une fâcherie avec Caroline, un amoureux caché dans un coin de tes rêves ?

Ma mère pouffe :

— Un amoureux, à son âge ? Bruno…

Je dis tout bas en espérant que seul mon père entendra :

— Ben oui, peut-être.

Son sourire éclaire la pièce tout entière, et même la nuit autour de la maison.

— Je le savais. Allez, raconte…

Il s'assoit en lotus sur le canapé, je me love entre ses jambes croisées, comme je le fais depuis toujours. Il rigole.

— Hé… c'est que tu n'es plus si petite, regarde-moi ça, ces pattes de sauterelle qui dépassent de partout !

Ma mère rit aussi et se lève.

— Je vais faire de la tisane. Tilleul-menthe pour tout le monde, comme d'habitude ?

Elle va dans la cuisine. Bientôt, on entend la bouilloire siffler son cri de boa constrictor coincé dans un radiateur.

— Alors, cet amoureux ?

Je hausse les épaules, je regarde par terre. Une tache rouge signe le tapis, elle date de l'année dernière : avec Caroline, on jouait à pétrir en pâte à modeler des tartes et des gâteaux impossibles ; ça me semble si loin, tout ça...

— Je ne crois pas que ce soit mon amoureux. J'aimerais qu'il soit mon ami, mais je ne sais pas si lui en a envie.

— Comment ? Un garçon pourrait ne pas vouloir de ma puce d'amour comme copine ? Impossible. Ou alors, c'est un extraterrestre à trois yeux qui vit sur la planète Globi-Globa.

Je rigole.

— Non... ce n'est pas un extraterrestre, c'est un gitan.

Mon père se tait, il attend. Je regarde ses mains sur mes genoux, grandes, rassurantes. Et je raconte tout : l'arrivée d'Angel dans la classe, nos moqueries sur son regard si étrange, sur ses habits ringards, la grenouille, le camp de Berriac… Il ne dit rien, même pas quand je lui raconte comment j'ai traversé la voie ferrée toute seule. Il m'écoute. Quand j'arrive à la première fois où Angel s'est vexé, il sourit.

Ma mère pose le plateau d'infusions sur la table basse, elle nous regarde.

— Il t'a beaucoup manqué, ton père ? Je vois bien que vous avez des tas de choses à vous raconter. Je vous laisse à vos secrets, je vais prendre un bain.

Elle se penche, embrasse mon front, puis la bouche de mon père. Je ne sais pas pourquoi je pense que si elle était inuit, elle frotterait son nez contre le sien, et que ce serait plus rigolo.

Elle emporte sa tasse et dit à mon père :

— À tout à l'heure.

Les tisanes fument et embaument la pièce du parfum vert de l'été. Sur l'écran de la télé, Baptiste et Garance continuent de s'aimer en silence. Maman nous laisse seuls, papa et moi, autour du mystère d'Angel-Pompon-gitan-de-Berriac.

*
* *

Papa est formidable ! Il m'a expliqué pourquoi Angel se vexait si vite. C'est comme quand on est très gros, ou trop grand, ou encore comme Mamadou qui a la peau d'un si beau noir mais que tout le monde regarde différemment. Oui, c'est ça, le mot : la différence. Angel est gitan, il est différent. Il peut changer de ville demain matin, ou pas, sa famille est sa maison, et il a des habitudes que je n'ai pas. Mais pour moi, si Angel est différent, c'est parce que je l'aime mieux que les autres garçons de la classe. Quand j'ai dit ça à papa, il m'a serrée très fort dans ses bras et a embrassé mes yeux.

— Toi aussi, tu es différente, tu sais regarder sans préjugés.

— C'est quoi, un préjugé ?

— Un préjugé, c'est quand tu sais à l'avance ce que tu vas penser des choses, une idée toute faite, une porte fermée. C'est important, d'être différent, de ne pas bêler bêtement au milieu du troupeau en même temps que les autres.

Je ne suis pas sûre qu'au début, quand Angel est arrivé dans la classe, je n'ai pas eu un gros camion de préjugés dans la tête. Mais bon, on n'est pas obligé de tout avouer, même à son père.

On a parlé longtemps ensemble, des préjugés, des différences, des choses de la vie. Papa m'a raconté des histoires sur les gens qu'il rencontre pour ses films dans le monde entier. Des gens qui vivent nus et qui trouvent ça normal, d'autres sur des îles qui offrent un de leurs enfants pour qu'il soit élevé ailleurs... des gens différents. J'étais tout à fait rassurée qu'il y ait autant d'hommes, de femmes et d'enfants différents. Et maintenant, je savais qu'on pouvait s'aimer parce qu'on était pareils, comme Caroline et moi, et aussi parce qu'on était différents.

Quand mes yeux ont recommencé à se fermer tout seuls, papa m'a portée dans ses bras jusque dans mon lit. Il a bordé ma couette sous mon menton. Je ne l'ai pas entendu sortir de la chambre, j'étais déjà très loin, dans un monde où des moutons multicolores bêlaient chacun leur chanson…

Chapitre 16

C'est un mercredi après-midi, en sortant de la boulangerie, mon sac de courses à la main, que je le revois. Il commence à faire très beau, la ville sent l'été qui arrive et les gens sont plus souriants. Appuyé sur la rambarde du passage piéton, il m'attend. Il ne me dit pas bonjour, il attrape mon sac et le met sur son épaule.

— Viens, faut que tu voies ça...

— Que je voie quoi ?

Comme toujours, je le suis sans chercher à comprendre. On traverse mon quartier sans prononcer un mot. En croisant Mme Chevalier, la gardienne de l'immeuble, je me demande comment Angel sait que j'habite là.

— Tu m'as suivie après l'école ?

Angel ne me répond pas. Il fixe le trottoir et shoote dans un papier froissé.

— Je viens souvent ici, je te regarde, et je m'en vais.

C'est à mon tour de loucher sur le trottoir. Je sens le rouge qui inonde mes joues. On marche en silence jusqu'à la voie ferrée.

— Ta grand-mère est là ? Tu sais, elle ne m'a jamais raconté la fin de l'histoire de la fleur de fougère.

Angel prend ma main pour me faire sauter le fossé.

— Je peux te la dire, moi, je la connais. La fille a passé tous les pièges, elle est arrivée jusqu'à la fougère en fleur, et elle l'a regardée, longtemps.

— Et alors ?

— Ben alors, elle est repartie, et *tchi*.

— Sans la cueillir ?

— Sans la cueillir. Elle ne voulait pas savoir l'avenir.

— Pourtant, les gitanes...

Angel fronce ses sourcils et me fixe de son regard noir. On éclate de rire.

— Les gitanes lisent les lignes de la main aux gadgés, elles leur disent la bonne aventure pour se faire de l'argent. L'avenir, faut le laisser venir, et c'est tout.

« L'avenir, le laisser venir... » Je me sens très légère à marcher, là, à côté d'Angel. On contourne le camp à travers les hautes herbes. Au milieu des caravanes, j'aperçois Leslie. Montée sur un vélo, elle zigzague entre des enfants, et Kéké court derrière. Angel fait remarquer qu'elle sera bientôt championne cycliste, mais que pour le moment elle est plutôt championne de croûtes aux genoux. Je repense à ma blessure au mollet, le premier jour où je suis venue ici ; j'en ai encore la trace, comme la signature de quelque chose d'important. Angel continue de me parler de Leslie :

— Elle est tombée au moins dix fois depuis que sa grand-mère lui a offert ce vélo, mais elle insiste, on peut pas l'arrêter.

Au bord de la rivière, Angel pose le sac de courses et s'accroupit, je fais comme lui. Il penche sa tête sur l'eau trouble.

— Regarde, là...

J'écarquille les yeux, je ne vois rien du tout.

— Mais si, *dicava*, entre les herbes.

Je regarde mieux, et je discerne de petits poissons noirs qui bougent dans tous les sens.

— Oh ! des poissons !

Angel se relève, il éclate de rire.

— Toi alors... ton école, elle est pas terrible terrible, que tu confondes des têtards avec des poissons.

— Des têtards ? Je n'en ai jamais vu, il n'y en a pas dans les villes.

— Faut mieux regarder, y'en a, puisqu'ils sont là. Notre grenouille était pleine d'œufs, et voilà.

Et voilà. Avec Angel, tout est simple en fait : on trouve une grenouille qui assiste au cours de sciences en classe, on la rapporte dans un élément plus propice, cette rivière aux faux airs de campagne, et quelques semaines après, elle s'y est installée avec toute sa famille de têtards. Oui, « et voilà », comme dit Angel.

— Maintenant, si tu veux, je te montre mon secret. Mais tu me jures, sur ta mère, tu ne racontes rien, à personne, même pas à Mémère, ni à Leslie. À personne.

Solennelle, je jure. Il rajuste le sac sur son épaule, il prend ma main et m'emmène dans sa caravane.

— Mémère est sortie avec Luis. Tiens. Tu ne ris pas, hein ?

Sérieux, il me tend un épais carnet entouré d'une ficelle. Je dénoue le lien, je regarde Angel. Les sourcils froncés, il attend. La première page du carnet est un dessin au crayon à papier, une main ouverte. Mais pas un dessin comme je peux les faire, non. Un vrai dessin, où on voit que cette main a beaucoup travaillé, on la devine rugueuse, et forte. Je tourne les pages. Les dessins se suivent. Un cheval, de profil, puis de face. Des yeux d'homme, tristes, un arbre trop penché, une femme de dos, ses longs cheveux noués en tresse. Un cheval, encore, qui galope, cette fois. Un visage, je reconnais Leslie et son regard presque transparent. Le nez et les lèvres de Mémère, le châle aux grandes fleurs posé sur le fauteuil dans la caravane. Des dizaines de dessins, de plus en plus beaux. J'ouvre la bouche pour parler, mais Angel me fait signe de me taire et de continuer. La façade de l'école, le jeu de quilles sous le préau. Le museau du cheval, je vois bien que c'est toujours le même cheval. Un dessin déchiré sur une feuille à carreaux, et collé dans le carnet, je ris, c'est la queue-de-cheval de la maîtresse. Angel sourit. Un profil, puis un autre, je ne vois pas trop qui... Je cherche la réponse dans les yeux d'Angel, il attend que je trouve seule. Un cahier posé sur la

table d'école, mon cahier ! Angel a dessiné la couverture, avec la marque et cet oiseau que j'ai colorié dessus. Une main qui tient un stylo, cette fois, je ne peux pas me tromper, c'est ma main, avec mon bracelet brésilien au poignet. Et encore ma main, mais posée sur mon mollet tapissé d'herbes collées par du sang !

Les dessins se suivent, mon nez, ma bouche, mes oreilles, Angel a tout croqué avec son crayon gris. Il reste quelques pages vides, Angel reprend son carnet et renoue la ficelle autour.

— Ça, c'est mon premier secret. Un jour, j'ai fait un rêve, celui d'un cheval bleu. Il galopait dans la prairie, il allait vite, comme s'il volait, il était heureux, et tellement beau. Quand je me suis réveillé, je n'arrivais plus à le voir vraiment. Alors j'ai commencé à dessiner, pour ne plus oublier, rien. Et maintenant, toi, tu effaces ce carnet de ta tête, on n'en parle plus.

— Les chevaux, les chiens... tu es drôlement fort en animaux.

Angel sourit.

— Ça t'a bluffée, hein, le coup du chien endormi ? Si tu avais connu mon grand-père, il savait tout des chiens, il m'a appris quelques trucs, mais ça marche pas à chaque fois.

— Tu veux dire que le monstre aurait pu se réveiller avant qu'on parte ?

— Parfois, faut savoir jouer avec la chance aussi... Je t'ai promis un autre secret : si je ne peux pas mentir à ma mère, c'est qu'elle est loin, à Toulouse, dans un autre campement. Elle attend que mon père sorte de l'hôpital. Elle va le voir tout le temps, alors je suis resté ici chez Mémère, avec Luis, parce que c'était mieux. Bientôt, ils reviendront avec nous, tous les deux. Mais je ne sais pas quand.

Je renifle et essuie mon nez avec mes doigts, je n'ai pas de mouchoir, et je m'en fiche. Je parle très doucement :

— Qu'est-ce qu'il a, ton père ?

Angel hausse les épaules.

— Il est tombé d'un arbre, il coupait des branches avec la tronçonneuse. On a cru qu'il allait être dans un fauteuil roulant, mais maman dit que non, sûrement ils vont arriver à le guérir, et réparer son dos. C'est juste long, très long. Et on a plein de problèmes avec les papiers, parce qu'il paraît qu'il n'avait pas le droit de travailler comme il faisait. Comme s'il fallait une autorisation pour travailler, tu crois, ça, toi ? Oui, les papiers, c'est compliqué, mais sinon, ça va.

Je pense à la tête de ma mère chaque fois qu'elle s'occupe de « ses paperasses » comme elle dit, et à ses coups de colère, et j'imagine que quand on habite dans une caravane sans vraie adresse et qu'on ne sait pas trop lire, ça doit être pire que la jungle.

— Angel... Pompon, alors tu vas rester dans ce camp un moment, tu ne vas pas partir tout de suite ?

Pompon sourit, il cache son carnet sous une pile de pulls.

— Non, pas avant longtemps.

Quand on sort, le soleil éclabousse le camp. Leslie me voit, elle laisse tomber son vélo et court se coller à moi. Kéké lui crie de revenir. Il me salue.

— Hé ! Camille ! Tu veux que je t'apprenne à monter à vélo ?

Je ris et fais signe que non. Leslie me montre le sien.

— Tu as vu ? Il est trop beau, il brille. Dis, tu nous apporteras encore ton livre avec la princesse ? Je veux des histoires, encore.

Je lui promets que je reviendrai avec mon livre, et que je lui raconterai le conte du *Roi Grenouille*[1]. Les grenouilles, c'est important dans les contes, et dans la vie aussi : elles comprennent des choses que les autres ne voient pas.

Autour de Leslie, des enfants chantent :

— « Enfant du soleil, trempe ton cul dans l'eau d'Javel, ta grand-mère t'appelle pour faire la vaisselle... »

1. Conte de Jacob & Wilhelm Grimm.

Leslie entonne à son tour :

— « Enfant du soleil, tu t'caches derrière la poubelle, enfant du soleil... »

Angel me raccompagne jusqu'à la voie ferrée et me dit à demain. Après l'école, je viendrai au camp. Et tous les soirs, ou presque, de la fin de mon CM2, je passe à Berriac le plus de temps que je peux.

Chapitre 17

Angel a déboulé à l'école le dernier jour avant les grandes vacances. J'avais gardé sa place à côté de moi. Il s'est assis. Il n'a rien dit, rien expliqué à personne. Pas un mot. Il me regardait juste de temps en temps en souriant, et je faisais pareil. Moi, si je ratais autant l'école, ce serait une véritable catastrophe... mais avec Angel, tout semble normal.

À la fin de la journée, il est allé voir la maîtresse. J'ai rangé mes affaires le plus lentement possible pour écouter ce qu'il disait. Je sais, c'est très mal élevé, mais je m'en fiche. Pas sûr qu'Angel soit encore là à la rentrée, ses cousins l'emmènent sur la côte, ils vont tailler les arbres chez les richards qui ont des villas de vacances là-bas, ça gagne bien. C'est ce que dit Angel à la maîtresse. Il a l'âge de « chiner » maintenant : il va aller de maison en maison proposer les services de ses oncles. Alors, pas sûr qu'il soit rentré en septembre. Mais si jamais... il voudrait bien savoir quand même comment on s'inscrit au collège. Là, j'ai regardé Mme Bontemps, je n'avais jamais vu un aussi beau sourire sur son visage, sauf peut-être le jour où elle a appris que la famille de Mamadou avait réussi à avoir des papiers pour rester en France.

Elle doit bien aimer garder ses élèves à l'école, Mme Bontemps.

Moi aussi, j'étais contente. Il ne m'avait pas menti, il partait pour l'été, mais il reviendrait, et on se reverrait, au collège, ou ailleurs. Avec

Pompon, j'ai appris qu'il existe une autre école, celle de Mémère et celle de Leslie aussi. Oui, Angel, j'ai décidé de l'appeler Pompon. Lui, il m'appelle Super K maintenant, il trouve que ça me va mieux que Camille. Et moi, je préfère ça à « Camille camomille » ! Super K... Pas sûr que ça plaise à ma mère. Après tout, je peux bien être Camille à l'école, et Super K avec Pompon, qu'est-ce que ça peut bien faire ? Parole de grenouille, on n'est pas obligés d'être tout pareil, partout, tout le temps, ni de tous se ressembler. Papa a raison, ce serait d'un triste si on était tous les mêmes, comme un troupeau de moutons blancs et frisés sur une prairie toute du même vert. J'aime écouter la même musique que Caroline, et j'aime aussi découvrir le monde de Pompon. Oui, parole de grenouille : la différence, c'est la vie... « Et voilà », comme dirait mon meilleur ami.

Ce roman est largement et très librement inspiré de souvenirs d'enfance et d'adolescence partagés avec mes copains gitans de Berriac et d'ailleurs, et de ma rencontre avec les gitans du camp du Marais Malicorne, à Abbeville, en mai 2010 dans le cadre des Leitura Furiosa. Cet événement annuel est organisé par l'équipe du Cardan, une association qui œuvre autour de « la transmission du plaisir de lire et le droit au savoir aux personnes qui ont eu maints accidents sur le terrain de leur vie. »

Merci à Véronique Duclercq et son mari, qui m'ont si gentiment accueillie, à Denis Lice, Marie-Pascale Baronnet, Luiz Rosas et toute l'équipe du Cardan. Mille mercis, bien sûr, et toute mon amitié à Laurent-Pompon-Pinette Prun, et à sa sœur Ruby, à Kévin-Kéké Maillard, à Lévy, son frère, à Soumi, l'enfant au poussin noir, à sa sœur Vicky, à Colombe-Heather et à Grâce, Jordan, Dawson, Mona, Janis et leurs familles, qui m'ont entrouvert la porte d'un monde trop mal connu.

J'ai commencé l'écriture de cette histoire longtemps avant ces rencontres, je l'ai reprise et terminée après, au cœur de ce si sombre été 2010.

Cécile Roumiguière, septembre 2010

Mise en page par Meta-systems
59100 Roubaix

Imprimé à Barcelone par:

blackprint
A CPI COMPANY

Dépôt légal : août 2011
N° d'édition : L.01EJEN000551.N001
Loi n° 49-956 du 16 juillet 1949
sur les publications destinées à la jeunesse

50